CHIGÜIROS

Lada Josefa Kratky

CENGAGE
Learning

¿Sabes en qué se parecen la ardilla, el ratón y el castor?

Son todos roedores. Esto quiere decir que tienen dientes que siguen creciendo toda la vida del animal. Tienen que roer continuamente para desgastarlos. Roen para comer, y algunos, como los castores, roen para hacer sus casas.

El roedor más grande de todos es el chigüiro. Vive en muchos países de América del Sur. En algunos países le llaman también carpincho o capibara.

El chigüiro tiene un cuerpo rectangular. Tiene pelo pardo y áspero, y patas cortas. Vive en grupos. Los adultos llegan a pesar casi 150 libras (65 kilos). Sus ojos y orejas son pequeños y están en la parte superior de la cabeza.

Cuando se meten en el agua, a veces se sumergen enteros y solo se les ven las orejitas, los ojitos y las narices. No es porque tengan vergüenza que se esconden en el agua. Es para escapar de un predador o del calor del día.

Los chigüiros viven en zonas donde hace calor. Por eso pasan gran parte del día refrescándose en la agüita fresca de un lago o río. Tienen patas palmeadas, lo cual les ayuda a nadar y evita que se hundan en el barro.

Si se ven en peligro, ladran, y en seguida se siguen unos a otros en manada al agua. Los enemigos que los pueden perseguir son el jaguar, el ocelote, el caimán y la anaconda.

El picabuey y el chimachimá son dos aves que a veces acompañan a los chigüiros en el campo. Al picabuey también le llaman matadura. Al chimachimá también le llaman chiriguare y otros nombres. Ambas de estas aves viven en sabanas y pantanos, igual que el chigüiro.

El picabuey se alimenta de insectos, y usa al chigüiro para facilitar su trabajo. Cuando el chigüiro camina por la sabana, espanta insectos a su paso. El picabuey, montado en el lomo del chigüiro o caminando a su lado, los persigue y se los come.

El chimachimá también se alimenta de insectos, pero los encuentra de distinta manera. Con su fuerte pico, arranca garrapatas que se han sujetado al pelaje del chigüiro. Esto beneficia tanto al chigüiro como al chimachimá.

¡A veces el chigüiro hasta se acuesta y le ofrece su panza al chimachimá para que este le quite las garrapatas!

El chigüiro ronronea cuando se rinde, ladra para indicar alarma y hace un clic para indicar felicidad. ¿Qué sonido hará el chigüiro cuando el chimachimá le arranca una garrapata?

Glosario

beneficiar *v.* hacer bien o dar provecho. *La medicina que está tomando le ha* ***beneficiado*** *mucho.*

garrapata *n.f.* insecto que se agarra al cuerpo de algunos animales y les chupa la sangre. *La mordida de algunas* ***garrapatas*** *puede causar enfermedades.*

manada *n.f.* grupo grande de animales del mismo tipo que viven juntos. *En el Viejo Oeste había enormes* ***manadas*** *de bisontes.*

palmeada *adj.* refiriéndose a las patas de animales: que tiene una membrana entre los dedos, como la del pato. *Muchas aves que viven en el agua tienen las patas* ***palmeadas****.*

pantano *n.m.* terreno muy húmedo, con mucha agua y lodo. *Los mosquitos crecen en las aguas estancadas de los* ***pantanos****.*

roer *v.* raspar con los dientes para comer o cortar algo. *Los castores* ***roen*** *los árboles hasta que los derriban.*

sabana *n.f.* llanura con hierba, pero con pocos árboles. *En África hay extensas* ***sabanas*** *donde viven animales salvajes.*

sumergir *v.* meter debajo del agua. *Los submarinos son botes capaces de* ***sumergirse****.*